KB132861

꽃의 문을 열다

정미셸

곰곰나루시인선 006

꽃의 문을 열다

정미셸 시집

곰곰나루

시인의 말

결,
바람에 흩어지는 모래의 결로 사막이 매일 다른 모습을 하듯, 시간에도 결이 있었다.

시간의 결을 따라 잡지 못한 그 많은 날 중에 그래도 어느 날, 어느 여행지에서, 어떤 영감으로 다가와 준 시편들을 「흑백엽서」에 담았고, 일상의 이야기나 느낌을 「시간여행, 어제, 오늘, 그리고 내일」에, 지난 시집에서 다시 읽고 싶은 시를 선별 또는 손질을 거쳐 「오랜 습관」에 실었다. 그리고 미국 뉴멕시코주, 산타페, 타오스 등지를 여행하다 만난 미국의 대표적인 화가, 조지아 오키프의 예술과 사랑에 대한 산타페 연서 「꽃의 문을 열다」를 연작시 형태로 엮었다.

올여름, 오키프의 그림에서 자주 사용되었던 흰독말풀을 산타페가 아닌 이곳 라카나다의 데스칸소 가든에서 만나며 흥분을 감추지 못했다.

산타페 사막의 모래바람이 캘리포니아로 불어오며 매일 밤 흰독말풀 꽃을 피우고, 오키프가 어렵고 힘들 때마다 자주 그렸다는 '문'을 여는 아침. 그곳에 시인의 의자 하나 마련하고 매일 시를 만난다.

2020년 여름, 데스칸소가든에서
정미셸

꽃의 문을 열다

차례

시인의 말 5

제1부 흑백엽서

흑백엽서 13

매그넷 15

부차드 가든의 굴뚝 17

호이리게와 베토벤 19

모차르트의 초상화를 먹는다 20

주인 없는 이름 21

거위깃털 펜의 선택 22

엽서, 그 작고 좁은 창틀 24

연금술사의 거리 25

풍문 26

소망의 산에서 27

피사의 사탑 28

깊은 우물 30

길, 물고기 비늘처럼 32

존재와 비존재 34

암호 36

제2부 시간여행

석류 39

납작 40

국수 41

물고기 눈물을 탁본한다 42

멍게 44

밥상 46

추억의 트라우마 48

시간여행, 히야신스 49

시간여행, 수선화 50

시간여행, 동백 51

시간여행, 어제, 오늘 그리고 내일 52

독감 53

새해 54

유도 질문 57

회색지대 58

잊음의 땅에서 60

창밖에는 일출 62

지도, 그 타다 만 종이 위에 63

수막새 64

화두를 던지며 66

접점에 서다 68

살아있음에 70

발레리나 72

제3부 오랜 습관

제부도 75

비가시적 거리 76

칩거 78

엉겅퀴처럼 79

산수유 80

오코티요의 봄 82

맛집 84

하동 갯벌 85

십리 벚꽃 86

재첩국 87

솟대가 물어다 준 행복 88

어느 가을 90

제4부 꽃의 문을 열다

사랑과 예술 – 산타페 연서 I 93

결혼 – 산타페 연서 II 94

오해 – 산타페 연서 III 95

꽃에 대하여 – 산타페 연서 IV 96

상처 입은 사막 – 산타페 연서 V 97

'달을 향한 사다리' – 산타페 연서 VI 98

흰독말풀 – 산타페 연서 VII 99

화실에서 – 산타페 연서 VIII 100

'검은 추상' – 산타페 연서 IX 101

애증의 고리를 끊고 – 산타페 연서 X 102

조지 호수에 띄운 비밀 편지 – 산타페 연서 XI 103

'구름 위 하늘' – 산타페 연서 XII 104

연애세포 – 산타페 연서 XIII 105

오키프의 산 – 산타페 연서 XIV 106

나의 신화, 나의 역사 – 산타페 연서 XV 107

해설 | 타임머신을 타고 과거로, 한국으로, 추억으로 · 이승하 111

제1부

흑백엽서

흑백엽서

어둠과 공존하며 어둠을 차별하는 밤의 도시는 하나의 거대한 시계가 된다. 구리빛 번쩍이며 밤새 돌던 시계부속이 유마 준주 감옥* 입구에서 멈췄다. 죄없이 감방에서 태어나야 했던 아기 이름이 검은 석판 위 흉악범들 이름 사이에서 반짝인다. 단추를 훔친 죄로 잡혀 온 여자도 그곳에서 일 년을 지냈다지. 도망치다 잡혀온 남자가 짰다는 흰 레이스가 박물관 유리 상자 안에 아직도 갇혀 있다. 콜로라도 강의 범람으로 고립된 땅에서 이중 철창을 뚫고 도망칠 자 없었다. 백 년에 두 명만은, 이후로 아무도 보지 못했을 뿐. '해가 나지 않으면 무료로 식사를 제공한다'*는 가장 밝고 화창한 도시라지만 어두운 독방에 박혀 있는 그들에게 그게 무슨 소용이람. 날씨 덕을 보기는커녕 아직도 묻지 못한 죄가 박쥐와 함께 벽에 다닥다닥 붙어 있다. 빈 감방 안으로 누군가 용감하게 들어간다. 갑작스런 박쥐 떼의 소동에 놀라 방문객이 떨어뜨린 전화기에서 짧고 강한 빛이 새어나온다. 뱀에 물려 죽어가기도 했다던 죄수들이 벽에 긁어놓은 낙서. 흑백엽서처럼 잠시 보였다가 사라진다. 죄보다 무서운 어둠, 어둠보다 무거운 죄, 아프게 견딘 세월이 걸어 나간다.

* 애리조나주 감옥을 개조한 현재의 '유마감옥주립역사공원(Yuma Territorial Prison)'.
* '햇빛이 비치지 않으면, 날마다 무료 식사를 제공한다'는, 그 당시 유마시의 슬로건.

매그넷
― 비트루비우스적 인간[*]

자연이 낸 인체의 중심은 배꼽이다. 등을 대고
누워서 팔 다리를 뻗은 다음 컴퍼스 중심을 배꼽에
맞추고 원을 돌리면 두 팔의 손가락 끝과 두 발의
발가락 끝이 원에 붙는다. ― 레오나르도 다빈치

오두막으로 시작해서 새 둥지와 휴식처가 되는 집을
짓는 사람, 이름도 삶도 죽음까지도 확실치 않은 고대
로마 건축가를 낡은 서적 책갈피에서 만난 다빈치

그를 생각하며 나는 피렌체 노상에서 매그넷을 샀다.
눈금자로 실물을 재고 컴퍼스로 원을 돌리며 깨알같은
글씨로 기록한 그의 소묘가 그대로 축소되어 있는

원 안에서 모든 중심이 배꼽에 있는 '비트루비우스
적 인간'의 태동을 느꼈다. 손끝이 모성의 따뜻한 경계
에 닿자 자궁 안에 있는 모든 것이 완벽하게 살아 숨
쉬기 시작했다

머리끝에서 발끝까지 인간은 네모 안에 자신을 가두
고 나비처럼 접었다 폈다, 때론 훌훌 떠나기도 하지만,
그 사이로 이천 년의 강물이 혈관을 타고 여기까지 흘
러와 버릴 줄이야

* 고대 로마 건축가 비트루비우스의 『건축 10서』를 읽고 인체 비례
를 재해석한 레오나르도 다빈치의 소묘.

부차드 가든의 굴뚝

빅토리아 여왕의 동상과 토템이 함께 서서
밤부터 내항 둔덕에다
꽃으로 적어 놓은 인사 때문일까

부차드 가든*에 가면
이탈리아어가 입에서 술술 나온다
— 베네딕토*

산을 다 허물어도 그치지 않던 주인의 욕심에
남은 것이라곤 오직 채석장의 굴뚝 하나
천국의 정원 가운데 우뚝 서 있다

고집스레 눌러온 뚝심으로
연기조차 뿜지 못하고 버텨온 세월
벌써 백 년이 넘었는데

정원사의 정성에 세상이 바뀐 줄도 모르고
움푹 패인 생각에 다른 꿈 꾸지도 못하고

이런저런 고민이 많다

* 캐나다 밴쿠버섬 빅토리아 부차드 가든(Butchart Garden). 베
네딕토 정원이라고도 함.
* 베네딕토 : '환영하다'라는 이태리어.

호이리게*와 베토벤
― 오스트리아 빈, 그린칭 마을에서

솔가지 걸쳐 있는 문 앞에서 내 진작 알았지
이 집에 올해 빚은 새 포도주가 있음을
호이리게 안마당에서 슈람멜* 연주에 맞춰
격식 없이 춤을 추는 사람들 틈에서
괴팍하고 화를 잘 내는 베토벤이 빙글빙글 잔을 돌린다
포도주잔 가장자리에 첫눈이 온다
눈바람과 서리를 견뎌낸 인생이 포도처럼 쪼그라져 있다
잃어버린 청력을 비관하던 베토벤의 눈가에
여러 줄기 강물이 흐른다
'음악이 없는 인생은 실수야.'
호이리게 옆 골목집을 떠난 그의 유서가
산책로를 배회하며 죽음을 유보해도
'우물쭈물하다 내 이럴 줄 알았지'*
어느 극작가의 넘치는 해학처럼
이별은 준비된 각본인 듯 기다리고 있었다

* 호이리게(Heuriger) : 그해 첫 수확한 포도로 만든 포도주, 혹은
그 포도주를 마시는 주점.
* 슈람멜 음악 : 바이올린, 기타, 어코디언 등으로 호이리게에서 연
주되는 전통 음악.
* 영국 극작가 죠지 버너드 쇼(George Bernard Shaw)의 묘비명
의 번역 중 하나.

모차르트의 초상화를 먹는다
― 오스트리아, 빈

빈의 겨울 오후, 짙은 안개로 찌푸린 도시. 죽어서도 외로운 천재는 안식할 무덤조차 없어 공원 바닥에 크게 높은 음자리표 그려 놓고 온종일 악상을 떠올리다 동상이 되어 서 있다. 대낮의 수근거림이나 웃음소리를 바이올린으로 잠재우며, 그가 살던 노란집까지 걸어가는 동안 황홀하게 펼쳐지는 연주가 객들의 발목을 붙잡는다.

비엔나에서는 가는 곳마다 머리를 얌전히 뒤로 묶은 모차르트의 초상화를 만난다. 주머니를 뒤져 초콜릿을 사고 초상화를 빨아먹는다. 언제나 옆 얼굴만 지키는 모차르트가 반긍정 반부정으로 보는 세상이 편하려면 한 손가락엔 커피 잔 걸고 말 한 마리 부리는 마부가 돼야 한다. '아인슈페너'* 한 잔의 안락함과 쓸쓸함을 위하여.

---

* 아인슈페너 : 설탕과 생크림을 한꺼번에 듬뿍 넣은 커피에서 유래한 것으로 흔히 '비엔나커피'로 알려져 있음.

주인 없는 이름
— 폴란드, 아우슈비츠

'일하면 자유로워진다'는 수용소 철제 간판 옆에서
　장송곡인지 행진곡인지 모를 악단의 연주가 흘러나
올 때
　열차에 몸을 싣고 아우슈비츠 수용소에 속속 도착한
사람들
　가장 소중한 것을 챙겨온 가방을 잠시 맡기며
　가방 위에 큰 글씨로 이름을 적었다
　다시 걸쳐보지 못할 옷과 신발, 내동댕이쳐진 의족
　억지로 뽑아낸 금이빨과 함께 잃어버린 주인을 기다
리다
　머리카락이 회색으로 변해도 찾을 수 없는 이름
　남김없이 태워버린 애착과 절망까지
　소각장 무더기 재로 치워버린 이름, 이름들

* 독일어로는 아우슈비츠(Auschwitz), 폴란드어로는 오시비엥침. 나치
독일이 유태인 학살을 위해 지은 옛 수용소가 있는 폴란드 남부 도시.

거위깃털 펜의 선택
― 폴란드, 바르샤바* 소금 광산에서

쓰고 지우기를 반복하며
악보와 씨름하던
절망의 늪

거위깃털 펜의
마지막 선택은
처음으로 돌아가는 것이다

소금을 캐고 캐다가
광산 바닥에서 만난
소금호수

어둠 속에서
흔들리고 부숴지는 불빛으로
쇼팽의 이별곡을 들으면

죽어서 돌아오지 못한 고국에
묻어 달라던 심장이

느린 템포로 뛰기 시작한다

선택의 여지 없이
늘 자신과 이별해야 하는
창작의 산실

* 바르샤바(Warszawa) : 폴란드의 수도. 쇼팽의 심장이 있는 도시.

엽서, 그 작고 좁은 창틀
─ 헝가리, 부다페스트

엽서, 그 작고 좁은 창틀에는 모양과 색이 다른 삶이
그려져 있다.

다뉴브강에 배를 띄우고 시를 읊자던 시인들의 꿈
이 물빛에 어린다. 부스럼 난 머리에 고름을 짜고 부러
진 팔에 붕대를 동여맨 노숙자들이 끼니를 떼우는 비
닐하우스가 바람에 들썩거리고, 거리의 사람들과 나눌
따뜻한 구야시* 수프를 끓이는 선교사의 부엌창문마저
김에 서린다.

저마다 다른 삶의 둥지들 귀퉁이 빈곳에 대충 내 꿈
도 그려 넣는다. 재래 시장에서 한참을 고르던 손 회중
시계를 내 호주머니 속에서 만지작거리면, 작고좁은
창으로 날아드는 엽서 한 장. 부다페스트에는 수수꽃
다리꽃이 피어 한창일 때, 선교사의 눈이 점점 침침해
간다고 말하네.

* 구야시(Gulyásleves) : 쇠고기와 갖은 야채에 파프리카를 넣어
붉고 얼큰한 맛을 내는 헝가리의 수프.

연금술사의 거리

단 한 줄의 시도 건지지 못한 여행이
처음부터 상식과 몰상식의 경계선을 넘나들며
프라하의 문턱에서 넘어지고 말았다
마음만 젊었지 순발력이 떨어지는 여인의
이마에 불룩 솟은 혹 위로 바람이 불고
서서히 멍으로 얼룩지는 도시의 얼굴

한 줄의 시도 쓰지 못한 시인이
연금술사의 거리, 황금소로 좁은 골목 22번지
카프카*의 집을 괜스레 두들기고 있다
죽어서도 변신을 거듭하는 작가와
문학과 예술을 나누고 인생을 논하고
장인의 눈을 뽑자 멈춰버린 시계처럼
오랜 잠에 빠진 시를 깨운다

* 프란츠 카프카 : 체코 프라하 출생의 1900년대 초, 실존주의 작가.

풍문

동료가 건네준 흘러간 팝송의
노랫말을 음미한다
왕실의 시녀가 왕의 아이를 낳았다는
소문이 떠돌고
아기를 작은 배에 태워 바다로 떠내려 보냈다는
고백이 흐른다
단두대에 선 메리 해밀턴*
군중 속으로 사라진 그녀의 절규가
먼 훗날 어느 여가수의 입에서
그렇게 담담히 흘러 나올 줄 몰랐겠지
수건으로 눈을 가려 달라던
그녀의 부탁이 아직도 유효한지
제 눈을 가리는 사람들로 가득찬 세상에는
여전히 풍문이 떠돈다
경계 위를 넘나드는 바람이
모래벌판에 새겨놓는
'누가'와 '누구'의 물결무늬

* Joan Baez의 데뷔곡인 "Mary Hamilton" : 스코트랜드 민요. 양
희은의 번안곡 '아름다운 것들'로 더 잘 알려져 있는데 원곡의 가사
와는 전혀 다른 내용임.

소망의 산에서

그날
소나무가 쭉쭉 뻗은 산 정상에서
안개인지 구름인지 모를 흐린 산을 보고 알았지
인생엔 맑음보다 흐림이 많을 수도 있음을

멀리 산자락 끝에 자리잡은 호수가
면사포 늘이며 산허리 휘감던 날
빗물이 눈으로 변하는 것을 보고 이해했지
슬픔이 결코 기쁨을 이길 수 없음을

눈송이가 꽃송이로 만발하는 날
아이야,
가장 아름다운 신부가 되렴
그날에는 평강에 평강을 더할 것이고
너를 향한 하나님의 축복을 막을 자 없을 것임을

아이야,
그렇게 믿어보렴
그렇게 살아보렴

피사의 사탑

하얀 대리석 종루에서
층마다 다른 음계의 종이 울려도

사람들의 관심은 이상하게
늘 한쪽으로 기울어져 있다

손가락 하나로 탑을 지탱하는 것이
비뚤어진 습관을 바로잡기보다 쉽다는데

백년이 지나도 고질병처럼 달고 다닌
지독한 편견에

기울다
말다

무너지다
말다

그대를 바라보는 내 목이
또 그렇게 길들어간다

깊은 우물
― 터키, 데린쿠유 지하도시

있을 것 같다 생각했으나
찾지 못하고
출구 하나 우연히
양이 빠진 우물에서 건졌다

이 땅에 소망이 없어서 바위를 부수고
썩지 않을 것을 위해 돌을 깨고
다시 살려고 굴을 뚫으며

불빛도 새지 않게
냄새도 나지 않게
눈물도 보이지 않게
통곡도 들리지 않게
응회암 바위벽과 지붕으로 막은 나날

언제나 신선한 물줄기만 흐르는
바닥 깊은 곳으로
사랑하는 자 잃은 슬픔도 떠내려 보내고

세상 즐거움도 떠내려 보내며
남은 날을 위해 물을 길었다

하늘이 없는 땅
어둠과 어둠
굴과 굴이 만나서
하나로 살아 숨을 쉬는 곳

어딘가 있을 것이라 짐작은 했으나
도저히 찾지 못하고
출구 하나 간신히
웅덩이에서 건졌다

인간 생명은 풀의 꽃이라
허리 굽히고 나온 행길에는
민들레꽃 무더기 천지에 널려 있다

길, 물고기 비늘처럼
─ 비시디아 안디옥 1

지중해가 가까이 있어도
더운 바람이 넘지 못하는
토루스 산꼭대기를 넘어서
도시의 문 앞에 섰다

물고기 비늘처럼
대리석으로 덮은 도로가
수레바퀴에 닳아 있고
도로 옆으로 널려 있는 조각들이
영화롭던 시절을 그리며
주섬주섬 혈육을 찾는다

언덕 위에 굵은 돌조각
아크로폴리스만 겨우 건졌을 뿐
언덕 아래 도시는
흙을 덮고 깊은 잠에 빠져 있다

모진 풍파에도 살아남은 돌은

하루에도 수없이 비상을 꿈꾸며
저수장 뒤에서 생명을 다해
수로를 지킨 아치형 기둥에게
매일 침묵하는 법을 배운다

존재와 비존재
─ 에베소와 아데미 신전

물고기를 잡아 불을 피웠다가
산불이 나서 멧돼지가 뛰어 다녔다는
꿈 때문에 세워진 에베소, 꿀벌의 도시에
여왕벌에게 충성을 다하는 사람들이 살고 있었다

자연과 대지를 다스리는 여신에게
황소의 고환을 바치러 가던 행렬과 의식
일백이십칠 개의 기둥 사이에서 멈추지 않던 춤사위
축제의 오월은 갔다

가장 크다는 여신상이 부서지고
이오니아 양식의 신전 기둥이 무너지고
자긍심 강한 사람들이 죽어버린 땅에서
지진과 말라리아에 굴하지 않고
비틀거리며 습지에 버티고 서 있는
기둥 하나의 오기가 눈물겹다

그때의 사람들은 모두 떠났지만

태양은 여전히 지구상에서 가장 아름답고
에게해의 물빛은 아직도 환상이다
현실은 존재와 비존재 사이에 놓여 있다던
철학자 헤라클레이토스도 이 들판을 지나갔을 것이고
이렇게 들꽃도 피어 있었을 것이고 또 졌을 것이고

꿈 때문에 무너진 에베소, 폐허의 도시에
다 부서지고, 다 무너지고, 다 가버린 땅에
있는 것을 보기 위해 몰려들었던 사람들은 사라지고
없는 것을 보기 위해 몰려든 사람들만 서 있다

* 에베소(Ephesus) : 고대 그리스의 도시 유적 에페수스. 터키의
소아시아 반도 서쪽 기슭 이즈미르 남쪽에 위치. 세계 7대 불가사
의 중 하나인 아르테미스 신전이 있다.

암호

두란노 서원을 찾으려다
셀수스 도서관 주변에서
목욕탕과 사우나에 공중 화장실까지 갖춘
열린 박물관을 보았고
극장과 도서관을 연결하는 거리에서
세 개의 암호를 찾았다
기독교인이 몰래 숨어서 그린 동그라미
도서관으로 향하는 왼쪽 발과
그 옆에 거머리처럼 붙어 다니는
여자 얼굴의 부조
지적인 창녀의 집이나
테라스가 있는 귀족의 집마다
삶이 모자이크된 벽과 벽
승리의 여신 나이키가 비스듬히 앉아
자신의 심벌을 가리키며 웃고 있는
에베소*에서는
암호를 아는 자만이 갈 곳을 안다

* 에베소(Ephesus) : 고대 그리스의 도시 유적인 에페수스.

제2부

시간여행

석류

　붉고 탐스러운 석류를 그린 것이 목이 잘록하고 둥근 어항을 닮아서 언저리가 꽃처럼 나풀거린다. 어항에 아구 가득 물을 채우고 물고기를 마음껏 그려 넣는다. 어항 안의 물고기 가족이 어느 방향으로 움직이는지 왜 다른 방향으로 가는지, 엉뚱한 곳으로 가는 놈이 누구인지 지켜보는데, 새끼들이 더러는 자갈 바닥에 눕기도 하고 풀 뒤에 숨기도 하고 수면 위로 기어 나오기도 하고 훌쩍 뛰어넘기도 한다. 크고 작은 물방울이 신음 소리를 낸다. 아, 너무 힘들어. 붉은 가죽 주머니 속에 부서진 붉은 구슬*이 물살에 흔들리고 벽에 부딪히며 곰곰이 생각해보니 비좁아도 둥글게 뭉쳐 살다 보면 주머니 안의 세상도 살만 하더라, 힘들게 그려 넣은 정서보다 구슬 위에 반짝이는 맑은 눈동자가 더 귀하더라.

*　율곡 이이가 세 살 때 조모가 보여준 석류를 보고 읊은 옛 글귀에서 인용.

납작

"저 왔어요."
조용히 속삭이며 다가와 꽃피워도
눈길 주는 이 없어
봄이 그냥 가려나 봅니다
역병*을 피해 여기까지 왔는데
반겨주는 이 없다고
온 길 다시 돌아갈 수는 없지요
세상이 어찌 돌아가는지도 모르고
시 나부랑이나 붙들고 있냐고
자고 나면 사람이 무섭게 죽어 나가는데
꽃구경 따위가 다 뭐냐고
납작 엎드려 있는 이에게
"저 왔다고요."
소리소리 지른들 꿈쩍하지 않습니다
온 들판을 꽃으로 불 지른들
창살 없는 감옥입니다, 정말

* 코로나 19(COVID-19 Pandemic). 자택격리령이 내려진 2020년 봄.

국수

볕 잘 드는 날
국숫집 마당으로 가면
갓 뽑은 국수를 말리는 바쁜 손길을 만난다

바람에도 격이 있는 것인지
숨 쉬는 것까지 죽이지 말고 살려야
좋은 날 본다고
서로를 배려하는 숨소리에 귀 기울인다

제자리를 굳힐 때까지
참고 기다리며
저만치 떨어져 꿈을 키우는 우리는
언제쯤 서로의 살을 맞댈 수 있을까

줄줄이 널어 놓은 국수가락 사이로
머리채 찰랑이며 걸어가는 그녀를 본다
올곧고 바른 마음씨를 만진다

물고기 눈물을 탁본한다

걸리는 게 없어 심심했던
유년의 바다에 미끼를 던지고
아버지와 함께 겨우 낚아 올린
물고기 배 위에
무색 한지를 얹는다

먹칠한 솜뭉치를
종이 위에 조심스레 두들기자니
촘촘한 비늘 사이로
흥건히 적셔오는
물고기 눈물

함께 누운 아내마저
흔들어 깨울 수 없었던
길고 긴 밤
마비된 육신으로 맞았던 새벽을
기억하고 있는 것일까

발부리에 채인 가랑잎이
길바닥에 엎드린 이유와
무생물마저 상세히 그려내던
상실의 비애를
붓끝이 살아있는 문자로 읽는다

물 속에 풀어 놓으면
푸드득거리다 사라지는 언어
물고기 한 마리
떠난 자리가 아름다운 가을
그 눈물을 탁본한다

멍게

집게에 따라 올라온 '우렁쉥이'가
'멍게'보다 못할 게 없는데
왜 표준말인 '우렁쉥이'보다
방언인 '멍게'가 좋았을까
하기야 틀린 인사말도
가끔은 너무 당당해서
막을 재간이 없지
난 아닌데
남들은 익숙한 게 있단 말이지

자갈치시장에 앉아
멍게 가장자리를 툭 잘라 꼬드득 씹으면
씹을수록 입안에 샘이 솟곤 했지
난 아는데
남들이 모르는 구석이 있더군
불룩불룩 튀어나온 껍질이
아프기보다는 민망해서
노란 살점만 끄집어내고 버리는

텅 빈 가시처럼

씹을 수도 없는 허물이 있더란 말이지

밥상

전주 한식 맛집에서
한복을 곱게 차려입은 여인이
상을 맞잡고 사뿐히 걷고 있다

좁은 툇마루를 지날 때
한쪽 버선 뒤꿈치가 삐끗하더니
상다리가 휘청거린다

이십팔 첩 반상이
그만 와르르
무너지려는데

— 오메 뒤질 뻔했네

냉큼 한 마디 던지며
버섯 콧날을 고쳐 세우고는
손님방 문턱을 넘는다

찬 뚜껑을 하나씩 연다
맛없는 것도 없지만
맛있는 것도 없다는

추억의 트라우마

"선상님, 해 다 그을리겠수⋯⋯"
늦잠이라도 자려면 어김없이
짜증 섞인 이북 사투리가
창밖에서 자명종을 치곤 했다
주말에 집에 다녀왔더니
훔칠 거라곤 아무 것도 없는 빈방에
도둑이 다녀간 그날부터였다
방바닥을 더럽힌 발자국 때문에
불을 끄고는 도저히 잘 수가 없어
주인집에 미안하다
친구집으로 피신해 있어도
자취생활을 접고 집으로 돌아가도
해를 그을린 죄 갚을 수가 없어
해에게 노상 미안하다

시간여행, 히야신스

님이 온다,
는 그 소식 일찍 전해주고 싶어
푸른 잎 사이로 뭉실거리는 꽃무리,
겨울 끝자락에 서서 함께 가자고 하네요

님이 간다,
고 말할까 봐 뜬 눈으로 밤새우며
추위에 오그라진 몸
꽃대 위에 올망졸망 꽂아놓습니다

새벽이 온다,
는 그 말에 일제히 나팔을 불면
들숨 날숨으로 꽃피우던
그대

봄이 온다,
는 말에 사방으로 꽃씨 날리는
당신의 그윽한 말솜씨—
향기마저 숨죽이게 합니다

시간여행, 수선화

동면에 들었던 꽃눈이
저마다 수관을 여니
눈가가 촉촉합니다

시간 가는 줄 모르고
흙속에 잠자던 수선화도
이제 깨워야 할 것 같습니다

유수같이 흐르는 세월
아끼며 지키라고
너의 이름을 그리 지었으니

어서 일어나서 저 대지 밖에
푸른 깃대를 꽂아야지
황금종을 울려야지

시간여행, 동백

참나무와 동백이 어우러진 곳에
동백꽃 환한 미소가 그대로 땅에 떨어지면
붉은 눈물로 다시 살아난다는 전설을 흘리곤 하지요
동백숲 그늘 아래
어제는 약속 같은 것 묻어 두고
오늘은 사랑의 맹세도 내려놓고
물 위에 떨어진 동백 꽃송이 하나
유유히 시간여행을 떠나고 있습니다
기다림이나 기대마저 그냥 다 두고 가도 되겠지요

시간여행, 어제, 오늘 그리고 내일

붉디붉은 눈물 삼키며 떠난
동백의 과거와 현재와 미래를 대신하듯
연보라, 보라, 진보라 색상으로
갈아입은 그대를 보았습니다

지나간 과거라고 버리지 말고
현재라고 마음대로 살지 말라는 그대
서로 다른 시간대에 살았고, 살고, 살 이야기
두둑이 매달아 놓은 그대의 이름은 이제부터
'어제, 오늘 그리고 내일'*입니다

어제 같은 오늘이
오늘 같은 내일이
한 가지에 나란히 모여 앉으면
지금처럼 그대의 이름을 부르겠지요
그대의 옆자리 지키며

* 꽃 이름 'Yesterday, Today, and Tomorrow'.

독감

나의 어깨에는
늘 겨울이 늘어져 있었다
가을 내내 속앓이하다가
기침에 파열되는 세포
어디서 와서 어디로 가는지
계절 한 번 바꾸지 못한 겨울
어제는 짐승 한 마리 생겨나서
밤새 컹컹 울어댔다
가슴에서 쌕쌕거리는 소리에
매일 밤 잠을 설쳤다 아니, 밤이 무서웠다
이 겨울 지나면 다시는
어깨가 우울하지 않게 해야지
봄꽃 나풀대며 등짝 두들기는 날
손꼽아 기다리는 하루, 그리고 한 달

새해

I.

새해는
아무 것도 적지 않은
한 권의 노트입니다

새해는
아무도 밟아보지 않은
땅입니다

새해는
시작과 끝을 분명히
금그어 줍니다.

새해는
처음 만난 사람에게 청하는
악수입니다

새해는
그런 것입니다
제게는

Ⅱ.

새해는
아무리 말해도 부족한
축복입니다

새해는
꿈과 소망이 있어서
좋은 날입니다

새해는
무너질 결심이라도
한번 해보는 날입니다

새해는
달리기 선상의
빨간 깃발입니다

새해는
그런 날입니다
제게는

유도 질문

파리 한 마리가
엄마를 하루 종일 따라다니면
뭐라고 말할까
노년의 심리학 교수가 던진 질문에
파리 한 마리가
하루 종일 나를 귀찮게 따라다녔다

회색지대
— 세월호 참사 희생자를 추모하며 1

가만히 있으라는 말에
교실 칠판 위에 적힌 이름 그대로
꼼짝없이 물에 잠기는 아이들을 기다리며
진도 팽목항이 오늘도 젖어 있습니다

속도를 따라잡을 수 없는 바람은
살려달라는 절규를 거꾸로 뒤집어 놓고
골절된 손가락이 요동치는 선채와 함께
회색지대 아래로 점점 가라앉습니다

마지막 숨소리만
조용히 물방울로 떠오르는
하얀 안개 같은 봄날이
맹골수도*를 지나고 있습니다

먼저보다 나중을 택한 잘못밖에 없는데
'죽지 말기, 꼭 돌아오기'라는 과제는
물에 남은 자에게 얼마나 가혹한 형벌인지요

>
바닷속에서 눈물 흘리는 것을 배워버린 아이에게
빗속에서 눈물 마르는 것을 익혀버린 부모에게
기적이나 희망이 또 얼마나 큰 고문인지요

끊이지 않는 사랑, 그 생명줄에 매달려
자꾸 버티라고만 하는 우리는
잃어버릴 희망으로 가득 차서
언제 터질지 모르는 공기 주머니

* 맹골수도 : 전남 진도군 거차도와 맹골도 사이에 있는 해역.

잊음의 땅에서
— 세월호 참사 희생자를 추모하며 2

유채꽃이 바람에 노랗게 물결치는 날
제주도에 가서 사진이나 많이 찍어 오자던
꿈에 부푼 수학여행길을 기억합니다
잠에서 덜 깬 얼굴로
여객선에서 맞았던 그 아침도

평온한 순간은 잠시뿐
물살이 왜 그리 센 것인지
어두움이 왜 그리 깊은 것인지
몸을 가눌 수 없을 때에서야 알았겠지요
삶과 죽음이 그렇게 가까이 있다는 것을

기적이라는 말 외에도
사랑한다는 말
꼭 남겨야 할 것 같아서
애타게 기다리고 있을 사람을 위해
죽어서도 구명줄에 몸을 단단히 묶었다지요

희망을 포기하는 게 무서워서
차마 떠나 보낼 수 없어서
수북이 쌓인 국화꽃에 엎드려
향기라도 끌어안습니다

수많은 노란 리본과 쪽지가
교문 위에서 잦은 물결을 일으키는
마지막 등굣길에
배웅하는 친구들 모습이 보입니다

살아있어서 미안한 마음에
자꾸 울컥해지고
끝까지 지켜주지 못한 안타까움에
땅이 진동합니다

제발, 다시는 이런 고통과 아픔이 없기를
부디, 하늘나라 그곳에서 평안하기를

* 흑암 중에서 주의 기적과 잊음의 땅에서 주의 공의를 알 수 있으
리라. (시편 88:12)

창밖에는 일출

책상과 창이
서로 마주 본다

펜과 붓이
서로 눈치를 보며

블랙홀 안으로 빠져드는
붉은 눈동자

점 하나 찍고 가는
뜨거운 함성이여

지도, 그 타다 만 종이 위에

나무의 도시 라카나다* 지역에
산불이 일고 있다
매캐한 연기에 놀란 짐승들
기침을 콜록이며 밤낮을 뛰어다녀도
불길은 쉬 잡히지 않는다
갑작스런 강제 대피령에
대문을 열어둔 채 떠난 주민들
'방화였다'는 기사 한 줄에 분노하고
지진과 물 때문에 힘든 로스앤젤레스
또 불장난에 시달린다
흰 재가 눈처럼 날리는 오후
지도, 그 타다만 종이 위에
빈 가마솥을 올려놓고
잿빛 그을음에 손발을 태우는
붉디 붉은 해걸음이 서럽다
아까운 숲을 마른 장작과 바꿔버린
반항의 계절에
사람들은 더러 정신질환을 앓고 있다

* 미국 로스앤젤레스 북쪽 앤젤레스 국유림에 인접한 도시.

수막새*

청명한 하늘 아래
늙은 느티나무가
오수를 만끽하는 날

빛이 투영되는
누런 잎사귀에
검버섯이 핀다

움푹 패인 기와에
조락하는 허물
엎치락뒤치락거리다
눅눅해진 욕망

반은 웃고
반은 울며

평생 그 곁에서
말없이 지켜온

수막새 입 언저리

천년의 미소가
낮달처럼 걸린다

화두를 던지며
― 『미주시학』 사무실에서

　죽은 줄 알았던 양란이 사람 참 놀라게 하는 재주가
있네
　가녀린 목 의지하고 서너 달 흰나비로 앉아 있는 꽃
　― 죽어야 꽃인데 이 꽃은 왜 이리 안 죽느냐고
　배 시인의 눈꼬리가 벌떡 일어났다
　― 꽃한테 죽으라고 하면 못써요
　누군가의 눈 흘긴 훈계에 깜짝 놀라 밖으로 튀어 나
와버린 뿌리
　― 난, 꽃 핀 소식도 못 들었네
　서쪽으로 날아가버린 박 시인이 들릴 듯 말 듯 푸념
을 듣는 동안
　― 꽃은 제 죽을 때를 알고 꽃피운다
　생의 의미를 끌어오는 정 시인 얼굴에 권위가 있다
　― 꽃을 죽는다고 하지 않으면 달리 뭐라고 해야 하지?
　고심 중인 김 시인을 바라보며
　― 아, 이것도 시 소재가 되겠구나.
　안 시인의 눈에 빠진 우울이 생동감에 반짝였다
　마침내 꽃은 죽었다

다시 화두를 이어가야 하는데
어쩐 일인지 배 시인의 눈꼬리가 꿈쩍도 하지 않는다

* 배정웅, 박영호, 정미셸, 김신웅, 안경라 시인. 먼저 세상을 떠난
박영호 시인(평론가)을 따라 배정웅 시인도 고인이 되심.

접점에 서다

불가에 둘러앉은 사람들 틈에서
나는 아니다, 나는 아니다
속으로 되뇌이던 말이
불빛에 당황하여
저도 모르게 튀어 나왔다

멀찍이 서서 들었던
많은 욕설과 저주
세상을 이기는 고함 소리에
나는 모른다고 장담하며
가슴에 못 박던 그날처럼

가시나무 엮어 씌운 상처와
부풀어 터진 얼굴로
나를 향해 돌이켜보는
그 눈빛
세상이 먹먹하다

이것까지 참으라던
그사람을 아직도 모른다고
헛된 맹세를 하는가
충혈된 눈으로 돌아온 새벽
눈물 자리 붉다

* 주께서 돌이켜 베드로를 보시니 베드로가 주의 말씀 곧 오늘 닭
울기 전에 네가 세 번 나를 부인하리라 하심이 생각나서. (눅 22:61)

살아있음에

오신다기에
푸른 잎 베어 깔고
겉옷을 바닥에 펴며
초라해도 비굴하지 않게 외쳤다
나를 쓰시옵소서
나를 지나시옵소서

죽음보다 더 깊은 침묵 속에
끝까지 눈을 떼지 않았던 여인들
곁을 지키지 않았던 제자들
둔감해진 마음과 생각을 위해
더 많이 어두워야 했다
더 많이 깊어야 했다

다시 오신다기에
쓸 만큼 나무를 쪼개 만든 창으로
시간의 바람이 든다
내 안에 새겨진 희고 빛난 형상

눈부시다, 눈부시다
살아있음에 가득한 주의 영광

발레리나

발가락마다 박힌
굳은살과 티눈에
아름답기를 거부한 여인
왕눈 같은 발가락 마디를
접어 넣고
발레 신발 끈을 묶는다
각이 보이지 않도록
공기처럼 가볍게 떠도는
발레리나
발등에서 튕겨 나온
새 한 마리
곡조를 넘나들며
어깨 곡선을 드러낼 때
빠졌다 새로 나온 발톱이
울음을 꾹 참는다
발레리나의 몸에는
늙어가면서
하나의 얼굴에
두 여인이 살고 있다

제3부

오랜 습관

제부도

바다가 잠시 집을 비운 사이에
조개가 바닥에서 기지개를 펴고
매바위산은 잠시
섬의 고독을 잊는다
가까이 다가서면 달아나고
멀어져 가면 가까이 다가서는
나의 못된 습관처럼
갑자기 멀어져버린 섬을 느끼던
시간의 거리에 서서
하나가 둘이 되어야 하는 갈등이
뜨겁게 달군 석쇠 위의 조개처럼
터질 때까지 입을 꼭 다물고 있다

비가시적 거리

뒤꿈치 들며 목을 빼지만 않았어도
나는 몰랐을 것이다
이제껏 내가 누구를 보고 있는 줄 알았는데
누군가 나를 들여다보고 있음을
바람에 나뭇가지가 흔들리는 줄 알았는데
내 기대가 흔들리고 있음을
그가 즐겨 부르던 노래를
내가 부르고 있음을

그래

이쪽을 보며 기우뚱거리지만 않았어도
나는 몰랐을 것이다
내가 그를 바라는 것이 아니라
그가 나를 찾고 있음을
그냥 지나쳐 가는 것이 아니라
나를 향해서 빠른 발걸음으로 오고 있음을
그가 중얼거리는 것이

내가 말하려던 것임을

그리고 문득
이렇게 덧붙이고 싶었다
저쪽 지붕에 서 있던 그가
이미 눈앞에 사라져도
여전히 기다리고 있다는 것과
사랑이라는 허우대 멀쩡한 착각이
그와 나를 지탱하는 비가시적 거리임을 믿는
어리석은 확신

칩거

소리가 없는 사나흘 간
등짝 밖으로 밀어내 버린 어둠에
가만히 웅크리고 앉아서
말없이 사는 연습을 한다
오랜 습관처럼 시름시름 앓으며
귀만 열어둔 까닭 모를 정체를
간간이 끊어지면서 이어지는
팬플루트의 흐느낌으로 듣는다
버려야 할 짐에 눌려서
찡그리고 있는 암울한 고백을
참는 이유도 변명처럼
꼼짝없이 잡고 있는 문고리

엉겅퀴처럼

무슨 상처가 그리 많아서
잎이 가시가 되고
무슨 아픔이 그리 깊어서
센 가시털로 몸을 덮었나
갈라진 좁은 깃에
바늘로 총총 울타리 두른 꽃대
꽃잎 누워 잠드는 날 없다
건드리지 마라
시들어 마르도록 소리 질러도
쐐기풀과 가시나무 외에는 벗이 없어서
발 닿는 곳마다 황폐해지는 땅
지난 시절 돌아보며 슬피 울고 있다
겉은 그래도 속은 그렇지 않다고
늘 귓속말처럼 중얼거리다가
가시털 헤치고 나온 여린 자홍색 꽃술
붓대 꺼내든 모습을 보니
너는 참 묘한 여자였구나

산수유

오는 봄에는
산수유가 하늘을 노랗게 덮은
그 집에 가서
한 번도 본 적이 없는
너를 만나고 싶다

지붕에 낙수 지는 빗소리에
봄이 철들어 가면
흙으로 빚은 담벼락에
젖은 얼굴 기댈 줄도 알겠지
한 편 구석에 치워놓은 경운기처럼
꿈쩍도 않는 너의 존재도 기억하겠지

불쏘시개로 남겨둔 장작더미 위로
불 지르고 싶은 사랑도 한 켜 쌓고
노란 분가루 얼굴에 덮어쓴 채
깨끗이 다린 옷 여미고 나선 길
추억처럼 밟히는 하얀 그림자

＞
오는 봄에
모내기가 끝나고
아카시아 꽃 떨어질 무렵
그 집에 가서
한 번도 본 적이 없는
너를 만나면

찔레는 담벼락에 만발하고
기지개 펴는 꽃망울들
가깝고도 먼 이웃의 하늘까지
아우성치는 소리가 들리겠지
나는 이제 혼자가 아니다

오코티요의 봄

가늘고 긴 장대 끝에
빨간 손수건을 묶으며
오코티요*의 봄은
죽음 앞에 꽃으로 대항한다

꽃 피우는 일이 사치가 아니요
생명을 건 모험이라
입술이 터지면 꽃술이 나오고
꽃술이 나오면 꽃잎이 말린다

물 없이도 버텨야 하는 사막에서
갈증에 탄 목이 갈라지고
진홍빛 선혈이 뚝뚝 떨어져도
짧게 살다 가는 것을 슬퍼하지 마라

조건이 맞지 않아 꽃 피우지 못해도
너만은 이해해다오
워낙 체질이 그러함을

>
오므라들면서 절약하고
꽃을 피우면서 아껴 모은 물로
봄에 불이나 질러볼까
사막은 벌써 추수를 꿈꾼다

* 오코티요(Ocotillo) : 멕시코나 미국 서남부 돌이 많은 사막지대
에 야생하는 가늘고 긴 줄기에 가시가 많은 관목의 선인장.

맛집
— 제주기행 6

오조리 해녀의 집에서 맛본
녹색을 띤 진한 전복죽과
서귀포의 해물뚝배기 안에 가득한
오분작과 조개
반찬으로 오른
참조기 젓갈의 깊은 슬픔과
중문에서 맛보았던
은갈치 조림의 중후한 외출
늦게 떠나는 여행길에
가장 마지막까지 남아서
시원하게 목을 축이는
굵고 시원한 한라봉
도착하던 날부터 먹기 시작한
싱싱한 한치와 자리돔
된장을 풀어넣은 물회
오는 날까지 비껴나간 흑돼지
물어물어 가는 초행길
맛집으로 사람들을 익힌다

하동 갯벌

튀어나온 광대뼈에
합죽한 입을 오물거리며
바지락 캐는 할머니의 구부러진 등에
지리산이 얹히고
손등마다 불룩 튀어나온 핏줄 사이로
섬진강 줄기 구비 흘러
바다에서 만나는 하동으로 가면
여섯 살배기 여자아이가 갯벌에 서 있다

바다가 외지로 나가고
시커멓게 드러나는 바닥에 쭈그리고 앉아
긁고 뒤집으며 캐어낸 조개와
쓸모없다고 천대하는 나쁜 생각을
물에 넣고 말갛게 흔들어 내던 그곳
꾸물거리는 것들이란 모두 계절을 타는 것인지
수북한 가시를 밟고 알밤을 추리던 마당처럼
겨울은 추억을 안고 뻘 안 깊숙이 박혀 있다

십리 벚꽃

꽃잎 하나 날아든 봄날
호미질로 부르튼 손가락에
흔한 가락지 하나 끼지 못해도
짭짤하고 개운한 참게조림 같은
고춧가루에도 단맛 나는
꼬막 같은 남편을 처음 만났던
혼례길
십리도 모자란 듯
벚꽃 다투어 피고
면사포 길게 늘어지는
아름다운 동행

재첩국

아버지와 함께 돛단배를 타고
낙동강 모래 바닥을 훑으면
손가락 사이로 삐져나온 재첩이
등짝을 어루만지는 햇살에
작고 까만 내 눈동자처럼 반짝였다
—재칩국 사이소
아침마다 동네 한 바퀴를 돌던
재첩국 장수의 구성진 외침이
국물 위에 뿌옇게 떠 있어서
숟가락으로 떠올릴 수 없었던
미묘한 색상
진한 국물 한 사발
저어 마시면
몸안에 불편한 구석도 없어지고
속이 후련해진다던
그 아침 밥상
이제는 차려줄 사람이 없네

솟대가 물어다 준 행복
— 작품 전시회에서

천놀이 1

시집올 때 가져온 자개농에
차곡차곡 접혀 있던 천 조각
성근 바늘땀 이으며
소나무 한 그루 심고
엄마의 뜰에 섰다
매달리는 아이들과
푸근하고 넉넉한 품
형체만으로도 큰
무릎 저만치에
나른한 하루가 내려앉고
유년의 기억이
진달래 꽃잎 사이에서 하늘거린다
끝없이 잠기는 솜털 같은 몽상

천놀이 2

해남 땅 붉은 담색 흙을 쥐고
가슴 설레며 달려간
아버지의 뜰
혼수로 지어온 양단 이부자리에
솟대가 물어다 준 행복이
눈물겹게 덮였는데
엄마자리에서 묻어온 진달래는
수줍어도 붉을 수 없어
사방을 돌고 있다
복주머니 화병에 꽃이 필 때나
딸네 집 창밖에 바람이 불어도
지킴목으로 우뚝 선 솟대
잦은 염려, 긴 바람에 목이 굽었다

어느 가을

매사추세츠 발 알바니 공항 관제탑 둘레에서
마지막까지 손 흔들며 지켜보던 단풍을
눈에 담고 마음에 담아온 어느 가을

한 나무의 단풍이 한 가지색으로 물들지 않고
한 나무의 잎들이 한꺼번에 물들지 않아도
그곳에는 구석마다 붉은 산이 있었다

먼 길 돌아 교회 가는 길
산에 첩첩이 박힌 노을 같은 울음이
진눈깨비로 질척이던 고갯길

그곳에는 구석마다 붉은 산이 있었다
학교 앞 큰 나무 뒤에 기대선 아이의 눈동자에도
집으로 돌아와 앉은 거실에도

제4부

꽃의 문을 열다
조지아 오키프를 위한 산타페 연서

  아무도 꽃을 보지 않는다. 정말이지, 꽃은 너무 작아서 보는 데 시간이 걸리고, 우린 너무 시간이 없고, 보려면 시간이 걸린다. 친구를 사귀려고 하면 시간이 걸리는 것처럼.   ― 조지아 오키프

사랑과 예술
— 산타페 연서 I

헝가리 귀족과 아일랜드계 피가 흐르는
연약하면서도 도도한 젊은 화가 오키프*
카메라 렌즈 속에서 어린 정부를
운명적으로 껴안은 스티글리츠*

사진을 그림처럼 찍는 사진 작가의 시선과
꽃을 보는 화가의 남다른 시선이 만나
새로운 사랑과 예술에 빠졌다

예술에 대한 이해가 뭔지
화폭을 넘나드는 그녀의 힘과 자유는
거대한 연기를 뿜으며 커브를 돈다
성공이라는 이름의 열차를 타고

결혼
— 산타페 연서 II

가상이 아닌
현실이 되어버린 결혼에
투명의 깊이를 더해 가는
은밀한 추상

오해
─ 산타페 연서 III

사랑과 예술이
늘
같은 선상에
있는 것은 아니더라
영원히
같은 페이지에
있는 것은 아니더라

꽃에 대하여
— 산타페 연서 IV

본 대로 그린 그림일 뿐인데
당신이 그렇게 산다고
꽃으로 자궁을 열지 마라
가벼운 깃털에도
붉은 아네모네 피 흘린다

상처 입은 사막
— 산타페 연서 IV

육체의 관능은 사라지고
은둔의 신비만 남은 황량하고 낯선 고향에서
고립을 위해 유배를 자처하는 일이 자주 생겼다

사막에서는
걸음을 옮길 때마다 발이 푹푹 빠진다

비바람에 씻긴 배신과 갈등의 세월
따가운 햇빛에 환골된 짐승의 뼈가
흰색으로 거듭나듯

상처 입은 사막은
상처 입은 자를 보듬을 줄 안다

'달을 향한 사다리'
− 산타페 연서 VI

청록색 하늘에
나무 사다리 비스듬히 걸면
사다리 끝에 진주색 반달이 뜬다

낮은 언덕 위로 산양의 두개골이
하늘과 땅의 균형을 잡고
흰 접시꽃 한 송이 허공에 떠오르면

사다리 끝에 달빛
달빛 끝에 별빛
꽃의 문을 연다

흰독말풀
— 산타페 연서 VII

그녀의 묘사 앞에 꽃들은 기가 살았다
사막의 어느 풀꽃이 이렇게 교만하던가

깊고 푸른 밤 하늘을 향해 트럼펫 들면
유독 희고 크고 꼿꼿하고 독을 품은 풀꽃이
분냄새 풍기며 화장을 한다

보잘 것 없는 나도
그녀의 그림 앞에 귀하게 쓰였다
기죽지 마라
고개 숙이지 마라

화실에서
— 산타페 연서 VIII

애비큐 화실 한쪽 벽을 허물고
유리창으로 벽을 대신하니

땅바닥에 숨죽이고 누워 있는 야생화가
작은 숨결에도 나풀거린다거나

계곡을 노랗게 물들이는 은사시나무가
하얀 제 살을 치며 더욱 노래진다거나

개기월식을 마주한 산은 또 왜 그리 붉은지
별비 쏟아지던 그날 내내 울었다거나

변화무쌍한 풍광에
화랑이 따로 없다

그녀 곁을 지켜준 클래식 음악이
하얀 캔버스 위에 굵은 선 휙 그어놓고 간다

'검은 추상'
— 산타페 연서 IX

종양 수술로
의식이 떨어진 곳을 찾아
신경쇠약에
눈물이 말라버린 곳을 찾아

태양 빛에 감싸인 호텔
검은 빌딩 사이에서
가까스로 찾은 마지막 한줄기 빛
남은 생을 기댈 게 이것뿐이네

애증의 고리를 끊고
— 산타페 연서 X

멀리 있는 남편의 병이 깊은 것인지
다 벗어버린 줄 알았던 그의 그늘이
벽에 울타리를 친다

그녀를 가장 잘 아는 사람처럼
서서히 온몸을 덮어가는 그림자
서늘한 포옹

이제 주변의 여자들과
남편을 나눠 가질 일은 없을 것 같다

조지 호수에 띄운 비밀 편지
― 산타페 연서 XI

뉴욕 생활에서 벗어나
예술혼을 불살랐던 조지 호숫가에
남편의 유골을 안고 갔지
그가 찍어준 수많은 사진에
고스란히 추억을 공유하는 일
남은 흔적을 지우는 일
이제 모두 나의 몫이다
그의 온기가 남아 있는 둘만의 공간에
아무도 들이고 싶지 않아서
비밀 하나 만들고 왔지
그의 자리 절대 말하지 않을 테니
그의 침상을 지키던 돈 많은 유부녀도
말 많은 시집식구도
이제 별 수 없겠지

― 그의 영원한 아내로부터

'구름 위 하늘'
― 산타페 연서 XII

그렇게 그를 보낸 뒤
그가 없는 세상에서
또 다른 세상으로
자주 여행을 떠났다
하늘은 이상한 재주를 부렸다
안개와 구름을 돌돌 말아서
무한대의 원을 그리는

연애세포
— 산타페 연서 XIII

일자리를 찾아온
이십 대 후반의 젊은 남자, 후안 해밀턴*
일자리가 없다고 돌아서는 그를
무표정한 듯 불러세우며
그녀의 가장 약한 문 하나 열어주었는데
팔순이 훌쩍 넘은 오키프에게도
연애세포가 살아나고 있었다
그녀의 눈과 손이 되고 호흡이 되어
잃어가는 시력을 대신하던 남자 앞에서
까다로운 그녀는
늘 스타킹을 반듯하게 신었다
꼿꼿한 자세와 여전한 몸매로

오키프의 산
— 산타페 연서 XIV

누구에게나 마음에 품은
산 하나 있지

— 내가 저 산을 잘 그리면
　신이 저 산을 내게 준다고 했어

고스트랜치 마당에서
눈시울 붉히며 했던 그 말

산이 내가 되고 내가 산이 되면
잠들고 싶은 산 하나

죽어서 한줌 재로 뿌려지면
바람에게 부탁하리

눈물겹게 듣고 싶은 그 말
— 오키프, 그녀의 산에 잠들다

나의 신화, 나의 역사
─ 산타페 연서 XV

그녀의 유언대로 추모식 없이
유해는 그녀의 산에 뿌려지고
그녀는 사막의 먼지로 풍경으로 남았다

나는 나의 신화가 싫다
나는 나의 역사가 지겹다

어쩌다 사막 저 너머에서 들려오는 소리
그녀가 싫다고 해도 가끔은
역사를 고쳐 쓰고 산타페로 떠나는
그 바람의 결이여─

* **조지아 오키프**(Georgia O'Keeffe: 1887~1986)는 미국을 대표하는 표현주의 화가다. 알프레드 스티글리츠의 아내. 1946년 남편의 사망 후, 뉴멕시코로 거주지를 옮기고 1986년 산타페에서 숨질 때까지 애비큐의 집과 고스트랜치 목장을 오가며 작품 활동을 했다. 세간의 가벼운 평가와 '스티글리츠의 여인'에서 벗어나 서유럽계의 모더니즘과 관계없는 그녀만의 추상 환상주의 작품 세계를 꾸준히 추구해 20세기 미국 미술계의 독보적인 위치를 차지하게 되었다.

* **알프레드 스티글리츠**(Alfred Stieglitz: 1864~1946)는 뉴욕에 '291화랑'을 열어 파블로 피카소와 폴 세잔느 등 유럽 거장들의 작품을 미국에 소개한 유명한 아트 딜러였고, 사진을 예술의 한 분야로 격상시킨 사진작가로서 '근대사진의 아버지'로도 불렸다. 유부남으로 23세 연하의 오키프를 만나 연인 사이가 되었고, 그녀의 전신을 찍은 사진으로 유명세를 탔다. 이혼 후 오키프와 결혼했으나, 다시 오키프보다 18세 어린 도로시 노먼과 바람을 피운 탓에 오키프는 정신과 치료를 받아야 할 만큼 힘든 시간을 보냈다.

* 오키프의 말년에 그녀의 조수로 13년간 오키프를 보살폈던 **후안 해밀턴**(John Bruce(Juan) Hamilton, 1946~)은 오키프의 친구요, 정신적인 반려자로서 그녀의 눈과 귀가 되어 지냈다. 그녀가 98세(한국나이 100세)에 죽음을 맞이하자, 유언에 따라 자칭 그녀의 산인 패더널산 정상에 유골을 뿌려주었다.

* 오키프 사후에 유산 상속이 그에게 돌아가자 59세나 어린 청년과의 스캔들로 세간이 떠들썩했다. 유족 대표인 의붓딸의 완강한 반대에도 불구하고 법원이 오키프의 유산 중 부동산과 재산 7,600만 달러(약 850억원)를 그에게 지급하라는 판결을 내렸다.

* 2014년 11월, 미국 뉴욕의 미술품 경매사 소더비는 경매에서 오키프의 1932년 작품 '흰독말풀/하얀 꽃 No.1'이 4,440만 달러(약 495억 원)에 낙찰되었다고 밝혔다. 이는 여성작가 작품 중 최고가로 세계의 기록을 갱신했다.

타임머신을 타고 과거로, 한국으로, 추억으로

타임머신을 타고 과거로, 한국으로, 추억으로

이승하
(시인 · 중앙대 교수)

    허버트 조지 웰스(1866~1946)란 영국 소설가가 있었다. 장편소설 『타임머신』은 웰스의 대표작이자 영문학사에 있어서 판타지 문학의 시초가 되는 작품이다. 타임머신을 타고 과거로 여행하고, 미래로 여행한다. 얼마나 신기한 여행인가. 이 소설을 원작으로 한 영화가 1960년과 2002년에 만들어졌지만 시간여행을 다룬 영화 〈백 투 더 퓨쳐〉는 흥행 대성공작이라 3편이나 만들어졌다. 비슷한 상상력으로 만들어진 소설과 영화를 찾아보면 훨씬 더 많을 것이다. 정미셸 시인의 시집 원고를 읽으면서 왜 엉뚱하게 『타임머신』 얘기를 하고 있느냐고 고개를 갸우뚱거리는 독자가 있다면 제2부의 제목을 보라고 말하고 싶다. '시간여행, 어제, 오늘, 그리고 내일'이다. 시인의 삶 자체가 타임머신을 타고 과거로 갔다가 미래로 갔다가 다시 또 과거로 가는 여행이 아니었나 하는 생각이 든다. 여행, 그렇다, 정미셸 시인의 사주에는 역마살이 들어 있지 싶다. 지금은 미국 서부 LA 근교 라카나다 소재의 데스칸소 가든(Descanso Gardens) 가까이에 머물고 있지만 또 언제 짐을 꾸릴지 알 수 없다. 코로나 사태가 아니라면 휴가를 받아 저 남미 어디에 가서 시를 쓰고 있지 않을까.

미국으로 떠난 것은 1987년, 대한민국이 참으로 어수선할 때였다. 대학생 박종철이 고문을 당하던 중에 죽고, 또한 이한열이 최루탄을 맞고 죽은 해가 1987년이었다. 6·10항쟁, 6·29선언이 있던 해였다. KAL기 폭파사건도 그해 연말에 일어난 대형 참사였다. 이런 시국에 이민을 떠났으니 이해가 가고도 남는다. 이민 10년째인 1997년에 고국 문단에서 시로, 13년째인 2000년에 평론으로 등단하였다. 시집도 그간 3권을 냈다. 현재 두 가지 일을 하고 있으니, LA 카운티에서 공무원으로 일하고 있는 것과 시전문지 『미주시학』의 발행인 겸 편집인이라는 것.

지난 33년 동안 미국에 뿌리를 내리고 살았지만 현실에 만족할 수 없었기에 시를 쓰게 된 것이 아닐까. 미국에서 공무원을 직업으로 갖게 되었다면 아주 안정적인 삶을 꾸려갈 수 있다는 얘기인데 문예지를 낸다? 스스로 경제적인 출혈을 감내한다는 뜻이다. 문학이 도대체 정미셸 시인에게 무엇이기에? 부산 태생인 시인은 어느새 하동 갯벌에 서 있다.

> 튀어나온 광대뼈에
> 합죽한 입을 오물거리며
> 바지락 캐는 할머니의 구부러진 등에
> 지리산이 얹히고
> 손등마다 불룩 튀어나온 핏줄 사이로
> 섬진강 줄기 구비 흘러
> 바다에서 만나는 하동으로 가면
> 여섯 살배기 여자아이가 갯벌에 서 있다
>
> 바다가 외지로 나가고
> 시커멓게 드러나는 바닥에 쭈그리고 앉아
> 긁고 뒤집으며 캐어낸 조개와
> 쓸모없다고 천대하는 나쁜 생각을
> 물에 넣고 말갛게 흔들어 내던 그곳
> 꾸물거리는 것들이란 모두 계절을 타는 것인지
> 수북한 가시를 밟고 알밤을 추리던 마당처럼
> 겨울은 추억을 안고 뻘 안 깊숙이 박혀 있다
> ―「하동 갯벌」 전문

갯벌에 쭈그리고 앉아 조개를 캐고 있는 여섯 살짜리

소녀는 박경리의 소설에 나오는 서희일까 봉순이일까. 아니면 어린 날의 시인일까. 오랜만에 고국에 간 김에 하동 여행을 하다가 만난 소녀였을까. 그런 건 다 차치하고 상상 속의 소녀일지도 모른다. 그 소녀는 왜 어머니나 다른 형제들과 함께 있지 않은 것일까. 계절은 어느덧 겨울이다. "수북한 가시를 밟고 알밤을 추리던 마당처럼/ 겨울은 추억을 안고 뻘 안 깊숙이 박혀 있"으니 왠지 쓸쓸하다. 시인의 추억 속에서는 하동 갯벌 풍경이 이렇게 을씨년스럽나 보다. 또 한 번의 시간여행에 동행해보자.

아버지와 함께 돛단배를 타고
낙동강 모래 바닥을 훑으면
손가락 사이로 삐져나온 재첩이
등짝을 어루만지는 햇살에
작고 까만 내 눈동자처럼 반짝였다
— 재첩국 사이소
아침마다 동네 한 바퀴를 돌던
재첩국 장수의 구성진 외침이
국물 위에 뿌옇게 떠있어서
숟가락으로 떠올릴 수 없었던
미묘한 색상
진한 국물 한 사발
저어 마시면

몸안에 불편한 구석도 없어지고
속이 후련해진다던
그 아침 밥상
이제는 차려줄 사람도 없네

　　　　　　　　　　　　　　　—「재첩국」 전문

　시인은 어린 시절, 아버지와 돛단배를 타본 경험이 분
명히 있을 것이다. 동네방네 돌아다니며 "재첩국 사이소"
라고 외치던 장수에게 어머니가 재첩을 사서 국을 끓이
면 뿌연 국물이 우러났다. 그것을 마시면 "몸안의 불평한
구석도 없어지고/ 속이 후련해지는"데, 이제는 그런 아침
밥상을 차려줄 사람이 없다. 아버지는 돌아가셨을 테고
시인은 미국 시민권자가 되었다. 추억 여행을 할 수밖에
없는 것이다. 어느 가을, 매사추세츠 공항에서 본 단풍나
무를 보고도 시인은 "진눈깨비로 질척이던 고갯길"에서
보았던 고국에서의 단풍을 기억해낸다.

매사추세츠 발 알바니 공항 관제탑 둘레에서
마지막까지 손 흔들며 지켜보던 단풍을
눈에 담고 마음에 담아온 어느 가을

한 나무의 단풍이 한 가지 색으로 물들지 않고
한 나무의 잎들이 한꺼번에 물들지 않아도

그곳에는 구석마다 붉은 산이 있었다

먼 길 돌아 교회 가는 길
산에 첩첩이 박힌 노을 같은 울음이
진눈깨비로 질척이던 고갯길

그곳에는 구석마다 붉은 산이 있었다
학교 앞 큰 나무 뒤에 기대선 아이의 눈동자에도
집으로 돌아와 앉은 거실에도
　　　　　　　　　　　　　　—「어느 가을」 전문

　　매사추세츠의 알바니 공항 관제탑 둘레에서 본 단풍은
현실의 단풍이다. 먼 길 돌아 교회 가는 길과 "산에 첩첩
이 박힌 노을 같은 울음이/ 진눈깨비로 질척이던 고갯길"
은 과거의 길, 즉 타임머신을 타고 가야 볼 수 있는 길이
다. 단풍 든 붉은 산은 "학교 앞 큰 나무 뒤에 기대선 아이
의 눈동자에도"(과거) "집으로 돌아와 앉은 거실"(현재)에
도 있는 것이니, 시를 씀으로써 시간여행이 가능한 것이다.
이제 제목에 '시간여행'이 들어가 있는 4편의 시를 보자.

　　님이 온다,
　　는 그 소식 일찍 전해주고 싶어
　　푸른 잎 사이로 뭉실거리는 꽃무리,

겨울 끝자락에 서서 함께 가자고 하네요

님이 간다,
고 말할까 봐 뜬눈으로 밤새우며
추위에 오그라진 몸
꽃대 위에 올망졸망 꽂아놓습니다

새벽이 온다,
는 그 말에 일제히 나팔을 불면
들숨 날숨으로 꽃피우던
그대

봄이 온다,
는 말에 사방으로 꽃씨 날리는
당신의 그윽한 말솜씨—
향기마저 숨죽이게 합니다

　　　　　　　　　　　　—「시간여행, 히아신스」전문

　이 시는 아주 특이한 행갈이를 하여 눈길을 끌어당긴
다. 기억 속의 히아신스를 끄집어내 묘사하고 있는 듯하
지만 봄과 님을 노래한 시이다. 봄과 님은 일심동체이다.
님은 곧 봄이기에 겨울 내내 기다렸던 것이고 봄, 즉 님이
갈까봐 노심초사 마음을 졸이고 있다. 히아신스가 봄에

피는 꽃은 아니지만 '비애'가 꽃말임을 감안한다면 이 시는 연인의 마음이 늘 나를 향해 있기를 바라는 연가라고 할 수 있다.

동면에 들었던 꽃눈이
저마다 수관을 여니
눈가가 촉촉합니다

시간 가는 줄 모르고
흙속에 잠자던 수선화도
이제 깨워야 할 것 같습니다

유수같이 흐르는 세월
아끼며 지키라고
너의 이름을 그리 지었으니

어서 일어나서 저 대지 밖에
푸른 깃대를 꽂아야지
황금종을 울려야지
― 「시간여행, 수선화」 전문

수선화(水仙花)의 속명인 나르키소스(Narcissus)는 그리스 신화에 나오는 나르시스라는 청년의 이름에서 유래

한다. 나르시스는 연못 속에 비친 자기 얼굴의 아름다움에 반해서 물속에 빠져 죽었는데, 그곳에서 수선화가 피었다고 한다. 그래서 꽃말은 나르시스라는 미소년의 전설에서 '자기애'를 뜻하게 되었다. 시인의 기억 속의 수선화는 그렇지 않다. 긴 시간(세월)을 인내하여 꽃을 피워낸 존재이다. 그랬기에 "어서 일어나서 저 대지 밖에/ 푸른 깃대를 꽂아야지"라고 수선화를 칭송한다. 시간은 인간을 늙게 하지만 꽃들을 새롭게 피워낼 수 있게 한다. 시간여행에서 이기는 것은 꽃이요 지는 것은 인간이다. 동백이야말로 시간여행의 주인공이다.

> 참나무와 동백이 어우러진 곳에
> 동백꽃 환한 미소가 그대로 땅에 떨어지면
> 붉은 눈물로 다시 살아난다는 전설을 흘리곤 하지요
> 동백숲 그늘 아래
> 어제는 약속 같은 것 묻어 두고
> 오늘은 사랑의 맹세도 내려놓고
> 물 위에 떨어진 동백 꽃송이 하나
> 유유히 시간여행을 떠나고 있습니다
> 기다림이나 기대마저 그냥 다 두고 가도 되겠지요
> ─「시간여행, 동백」전문

물 위에 떨어진 동백 꽃송이 하나가 유유히 시간여행

을 떠나고 있다고 한다. 겨울에만 핀다는 동백은 인내의
상징이다. '견딤'이란 곧 시간을 이겨내는 것이다. 언제라
도 시간여행을 할 수 있는 동백을 시인은 본받고 싶었던
것이 아니랴. 동백을 한 편의 시로만 쓰기에는 미진했는
지 다시 이렇게 쓴다.

　　　붉디붉은 눈물 삼키며 떠난
　　　동백의 과거와 현재와 미래를 대신하듯
　　　연보라, 보라, 진보라 색상으로
　　　갈아입은 그대를 보았습니다

　　　지나간 과거라고 버리지 말고
　　　현재라고 마음대로 살지 말라는 그대
　　　서로 다른 시간대에 살았고, 살고, 살 이야기
　　　두둑이 매달아 놓은 그대의 이름은 이제부터
　　　'어제, 오늘 그리고 내일'입니다

　　　어제 같은 오늘이
　　　오늘 같은 내일이
　　　한 가지에 나란히 모여 앉으면
　　　지금처럼 그대의 이름을 부르겠지요
　　　그대의 옆자리 지키며
　　　　　　ー「시간여행, 어제, 오늘, 그리고 내일」 전문

동백이야말로 눈보라의 겨울을 이겨내면서 시간여행을 제대로 하는 꽃이다. 동백이 시인에게 말한다. "지나간 과거라고 버리지 말고/ 현재라고 마음대로 살지 말라"고. 동백꽃의 옆자리를 지키겠다는 말이 의미심장하다. 동백아, 동백아, 이름을 부르며.

쟈스민의 일종인 브룬펠시아(Brunfelsia)라는 꽃이 있는데 '어제, 오늘, 그리고 내일(Yesterday, Today, and Tomorrow)'로 불리기도 한다. 흰색과 연보라, 보라, 진보라로 피는 꽃도 예쁘고 향기도 좋다. 이 향기, 이 모양이 계속되기를 바란 사람들의 마음을 이 꽃명에서 읽을 수 있다. 동행과 동고동락을 원하지만 시간은 우리로 하여금 이별 내지는 사별의 길로 이끈다.

꽃을 노래한 이상 4편의 시에 왜 '시간여행'이 들어가 있는지 생각해보아야 한다. 꽃 자체는 화무십일홍이지만 계절마다 피는 꽃은 작년의 모습 그대로이다. 시간의 흐름에 아랑곳하지 않고 제 모습 그대로 피어나는 꽃이기에 시인은 꽃을 시간여행의 주인공으로 생각했던 것이 아닐까. 또한 그런 꽃을 이상형으로 삼아 자신의 삶을 꾸려가고 싶었던 것이 아닐까. 어린 시절에 한국에서 보았던 꽃을 가꾸며 이민생활의 외로움을 달랬을지도 모를 일이다.

시집 제1부의 시편은 미국 국내와 해외여행의 산물이

다. 이국의 풍경에 감탄하면서 그것을 스케치한 시가 아
니라 타임머신을 타고 과거로 날아가서 그 어떤 조각품
이나 예술품, 건축물을 보고 느낀 것을 묘사하고 있다. 세
월, 시계, 이천 년, 백 년 등 시간을 나타내는 낱말이 중심
시어가 된다.

> 죄보다 무서운 어둠, 어둠보다 무거운 죄, 아프게 견
> 딘 세월이 걸어 나간다.
>
> —「흑백엽서」끝부분

> 고집스레 눌러온 뚝심으로
> 연기조차 뿜지 못하고 버텨온 세월
> 벌써 백 년이 넘었는데
>
> —「부차드 가든의 굴뚝」제4연

앞의 시는 애리조나주에 있는 감옥을 개조한 '유마감옥
주립역사공원'에 갔던 경험을 갖고 쓴 것이다. 이 감옥에
서 수많은 이들이 형벌의 기나긴 세월을 견뎠을 것이다.
그들이 보낸 어둠의 시간을 시인은 흑백엽서를 통해 더
듬었다. 뒤의 시는 캐나다 밴쿠버 섬에 있는 베네딕토 정
원, 즉 빅토리아 여왕의 동상과 토템이 함께 서 있는 부
차드 가든에 갔던 기억을 되살려 쓴 것이다. 채석장에 우
뚝 서 있는 굴뚝 하나가 시인의 마음을 움직였나 보다. 폴

란드에 세워진 유태인 포로수용소 아우슈비츠에 가서는 "다시 걸쳐보지 못할 옷과 신발, 내동댕이쳐진 의족"을 보고 가슴 아파한다(「주인 없는 이름」). 폴란드 바르샤바 소금 광산에 가서는 "(쇼팽이) 죽어서 돌아오지 못한 고국에/ 묻어달라던 심장이/ 느린 템포로 뛰기 시작하"는 것을 느낀다(「거위깃털 펜의 선택」). 오스트리아 빈의 그린칭 마을에 가서는 "괴팍하고 화를 잘 내는 베토벤이 빙글빙글 잔을 돌리는" 재미있는 상상을 하기도 한다(「호이리게와 베토벤」). 헝가리 부다페스트의 오래된 마을에 가서는 "저마다 다른 삶의 둥지들 귀퉁이 빈곳에 대충 내 꿈도 그려 넣는다(「엽서, 그 작고 좁은 창틀」). 터키의 데린쿠유 지하도시의 우물을 보고는 그 옛날 이 땅의 누군가 "사랑하는 자 잃은 슬픔도 떠내려 보내고/ 세상 즐거움도 떠내려 보내며/ 남은 날을 위해 물을 길었"을 것이라고 상상해본다(「깊은 우물」). 터키에 가서 에베소와 아데미 신전을 보고 느낀 것도 시간의 무지막지한 힘이다. 시간은 신전을 만든 사람들을 자취도 없이 사라지게 했고 웅장했던 신전이 폐허가 되게 했다.

> 그때의 사람들은 모두 떠났지만
> 태양은 여전히 지구상에서 가장 아름답고
> 에게해의 물빛은 아직도 환상이다
> 현실은 존재와 비존재 사이에 놓여 있다던

철학자 헤라클레이토스도 이 들판을 지나갔을 것이고
이렇게 들꽃도 피어 있었을 것이고 또 졌을 것이고

꿈 때문에 무너진 에베소, 폐허의 도시에
다 부서지고, 다 무너지고, 다 가버린 땅에
있는 것을 보기 위해 몰려들었던 사람들은 사라지고
없는 것을 보기 위해 몰려든 사람들만 서 있다
ㅡ「존재와 비존재」 후반부

　이 시집을 읽고 있는 우리도 언젠가 이 세상을 떠날 것
이다. 시간 앞에서는 영웅도 힘을 못 썼고 성인도 설교를
멈추었다. 하지만 태양은 아침마다 빛을 뿌릴 것이다. 에
게 해의 물빛은 천년 전에도 환상적이었고 백년 후에도
환상적일 것이다. "없는 것을 보기 위해 몰려든 사람들만
서 있다"는 결구가 폐부를 찌른다. 있는 것과 없는 것, 존
재와 비존재 사이에 현실이 있다고 한 철학자 헤라클레
이토스의 시체는 어디에 묻혔는지도 알 수 없지만 "만물
은 유전한다", "불이 조화로운 우주의 기본적인 물질적
원리"라고 한 그의 명제는 지금까지 전해져 내려오고 있
다. 시도 그렇지 않은가. 시인은 가고 없더라도 시집은 대
학도서관의 서가에서, 지역의 공공도서관의 서가에서, 후
세 독자의 손에서 '존재'해 있을 것이다.
　이번 시집에는 특이한 연작시가 있다. 산타페 연서 15

편인데, 큰 제목이 「꽃의 문을 열다 : 조지아 오키프를 위한 산타페 연서」이다. 미국의 뉴멕시코주, 산타페, 타오스 등지를 여행하다 만난 화가 조지아 오키프(Georgia O'Keeffe, 1887 ~1986)의 그림을 보고 매료되어 연작시를 쓰기에 이른다. 그림의 특징은 주로 두개골과 짐승의 뼈, 꽃, 식물의 기관, 조개껍데기, 산 등 자연의 형태를 확대한 독자적인 화풍으로, 오키프는 미국 미술계의 독보적 존재로 추앙받고 있다. 15편의 시에 담겨 있는 내용은 화가의 생애, 그림에서 받은 인상, 그림을 모티브로 한 상상 등인데 15편 전체가 모여서 웅장한 추모시의 모습을 보여준다. 아마도 정미셸 시인은 오키프 화가의 그림을 죽 보면서 자신의 정서와 일맥상통하는 세계가 있다고 느꼈을 것이다. 한국과 미국, 혹은 동양과 서양이라는 이질적인 세계임에도 불구하고 생명체의 원시성과 여성성에 대한 탐색은 자신이 추구해 왔던 작품세계와 합치되는 부분이 있었기에 매료되었던 것이 아닐까.

육체의 관능은 사라지고
은둔의 신비만 남은 황량하고 낯선 고향에서
고립을 위해 유배를 자처하는 일이 자주 생겼다

사막에서는
걸음을 옮길 때마다 발이 푹푹 빠진다

비바람에 씻긴 배신과 갈등의 세월

따가운 햇빛에 환골된 짐승의 뼈가

흰색으로 거듭나듯

상처 입은 사막은

상처 입은 자를 보듬을 줄 안다

ー「상처 입은 사막 - 산타페 연가 V」 전문

　이 시편의 제1연은 시인 자신의 얘기를 하고 있는 듯하다. 그래서 사막으로 여행을 떠난 것이다. 고립을 자처하면서. "비바람에 씻긴 배신과 갈등의 세월"은 화가도 시인 자신도 보낸 것일 터, 동병상련을 느낀다. "따가운 햇빛에 환골된 짐승의 뼈가/ 흰색으로 거듭나듯"은 화가의 그림을 묘사한 것이다. 마지막 연에서 시인은 화가의 그림이 던져준 화두를 이런 식으로 풀어냈음을 독자에게 알려준다. 화가의 꽃 그림을 보고 "보잘것없는 나도/ 그녀의 그림 앞에 귀하게 쓰였다/ 기죽지 마라/ 고개 숙이지 마라"(「Ⅶ」)라고 하면서 용기백배한다. 같은 여성으로서, 또 예술가로서 회화를 시에 십분 반영하였고, 그것은 모작이 아니라 재탄생이라고 할 수 있다. 결국 그림은 시간을 초월하여 시인의 시야로 뛰어들었고, 시인은 그 이미지를 갖고 15편의 시를 완성한 것이다. 더군다나 조지아 오키프가 한 다음과 같은 말은 두 사람의 생각이 똑같다는 것을 보여주고 있다.

> 아무도 꽃을 보지 않는다. 정말이지, 꽃은 너무 작아서 보는 데 시간이 걸리고, 우린 너무 시간이 없고, 보려면 시간이 걸린다. 친구를 사귀려고 하면 시간이 걸리는 것처럼.

두 사람이 직접 만났는지는 잘 모르겠다. 분명한 것은 시 속에 오키프의 그림이 전시되고 있다는 것이다. 시간을 뛰어넘어.

지금까지 시 감상의 과정에서 중요한 3편의 시에 대해 논의를 하지 않았다. 「회색지대」와 「잊음의 땅에서」, 그리고 「화두를 던지며」이다. 「회색지대」는 부제가 '세월호 참사 희생자를 추모하며 1'이고 「잊음의 땅에서」는 '세월호 참사 희생자를 추모하며 2'이다. 멀고 먼 미국 땅에서도 시인은 수학여행을 가다가 죽은 단원고 아이들의 사망 소식에 가슴이 찢어지는 아픔을 느꼈던 것이다.

> 속도를 따라잡을 수 없는 바람은
> 살려달라는 절규를 거꾸로 뒤집어 놓고
> 골절된 손가락이 요동치는 선채와 함께
> 회색지대 아래로 점점 가라앉습니다

마지막 숨소리만

조용히 물방울로 떠오르는

하얀 안개 같은 봄날이

맹골수도를 지나고 있습니다

─「회색지대」부분

　참상이 일어난 날 세월호 선체가 뒤집힌 현장에 대한 사실적인 묘사에 멈추지 않고 시인은 "빗속에서 눈물 마르는 것을 익혀버린 부모에게/ 기적이나 희망이 또 얼마나 큰 고문"인가를 얘기한다. 아이들은 몇 시간 고통을 겪다 숨이 멎었을 테지만 학부형은 도대체 몇날 며칠을, 아니 몇 년을 고통받아야 하는지, 시인은 그게 너무나도 안타까운 것이다. 그리고 애도의 묵념을 올리며 다음과 같이 마음속으로 기도한다.

수많은 노란 리본과 쪽지가

교문 위에서 잦은 물결을 일으키는

마지막 등굣길에

배웅하는 친구들 모습이 보입니다

살아있어서 미안한 마음에

자꾸 울컥해지고

끝까지 지켜주지 못한 안타까움에
땅이 진동합니다

제발, 다시는 이런 고통과 아픔이 없기를
부디, 하늘나라 그곳에서 평안하기를
— 「잊음의 땅에서」 부분

시인으로서, 그것도 멀리 미국에 있는 시인으로서 무엇을 할 수 있단 말인가. 그저 이렇게 한 편의 시로나마 조문을 하는 것이다. 고통과 아픔이 하늘나라에 가서 마냥 평안하기를 빌고 있을 따름이다. 이와 같이 몸은 비록 이역만리 미국에 있지만 마음은 늘 고국을 향해 있음을 말해주는 시가 바로 이 2편이다.

미국에서 『미주시학』이라는 문예지를 만든다는 것, 보통의 열정과 희생정신 없이는 불가능한 일일 것이다. 시간과 노력도 투자해야 하지만 경제적인 출혈은 문예지를 내본 사람은 잘 알 것이다. 『미주시학』 사무실에서 있었던 일들이 한 편의 시가 되었다.

죽은 줄 알았던 양란이 사람 참 놀라게 하는 재주가
있네
가녀린 목 의지하고 서너 달 흰나비로 앉아 있는 꽃
— 죽어야 꽃인데 이 꽃은 왜 이리 안 죽느냐고

배 시인의 눈꼬리가 벌떡 일어났다

― 꽃한테 죽으라고 하면 못써요

누군가의 눈 흘긴 훈계에 깜짝 놀라 밖으로 튀어 나와

버린 뿌리

― 난, 꽃 핀 소식도 못 들었네

서쪽으로 날아가버린 박 시인이 들릴 듯 말 듯 푸념을

듣는 동안

― 꽃은 제 죽을 때를 알고 꽃피운다

생의 의미를 끌어오는 정 시인 얼굴에 권위가 있다

― 꽃을 죽는다고 하지 않으면 달리 뭐라고 해야 하

지?

고심 중인 김 시인을 바라보며

― 아, 이것도 시 소재가 되겠구나.

안 시인의 눈에 빠진 우울이 생동감에 반짝였다

마침내 꽃은 죽었다

다시 화두를 이어가야 하는데

어쩐 일인지 배 시인의 눈꼬리가 꿈쩍도 하지 않는다

―「화두를 던지며」 전문

　　각주를 보니 이 시의 등장인물 중 박영호 시인(평론가)
과 배정웅 시인이 돌아가셨다고 한다. 미국에 이민을 갔
다가 모국어를 마음껏 구사하기 위해 시인이 된 이들이
적지 않다. 지금 그들의 삶을 돌보고 마음을 가꾸는 이가

바로 정미셸 시인이다. 시를 쓴다는 것, 시전문 문예지를 만든다는 것 자체가 영원을 향한 동경이 아닐까. 유한한 인간이 무한을 꿈꾸려면 시를 쓸 수밖에 없다. 시인은 지상에서 사라지더라도 시는 남는다. 시어를 다듬으며 영원을 꿈꾸는 시인의 숨소리가 시 구절마다 서려 있다. 그래서 정미셸 시인은 오늘도 시를 쓰고 있고, 『미주시학』을 만들면서 저렇게 언어를 다듬고 있는 것이려니. 시간여행을 하고 있는 것이려니.

정미셸 dpss89@gmail.com

부산에서 출생하여 서울에서 성장. 1987년 미국 이민. 1997년『한맥문학』으로 시 등단. 2010년『문학과 의식』으로 평론 등단. 시집『새소리 맑은 아침은 하늘도 맑다』,『창문 너머 또 하나의 창이 열린다』,『거리의 몽상』, 사화집『하늘빛 붓에 찍어』등. 2008년 제14회 가산문학상 수상. 현재 로스앤젤레스 카운티 공무원. 시 전문지『미주시학』발행인 및 편집인.

곰곰나루시인선 006

꽃의 문을 열다

초판 1쇄 인쇄 2020년 9월 10일
초판 1쇄 발행 2020년 9월·15일

지은이 정미셸　　**펴낸이** 임현경
책임편집 홍민석　　**편집디자인** 육선민　　**유튜브 편집** 김선민

펴낸곳 곰곰나루
출판등록 제2019-000052호 (2019년 9월 24일)
주소 서울특별시 양천구 목동서로 221 굿모닝탑 201동 605호 (목동)
전화 02-2649-0609
팩스 02-798-1131
전자우편 merdian6304@naver.com

ISBN 979-11-968502-6-5

책값 9,600원

· 이 책의 판권은 지은이와 곰곰나루에 있습니다.
· 이 도서의 국립중앙도서관 출판예정도서목록(CIP)은 서지정보유통지원시스템 홈페이지(http://seoji.nl.go.kr)와 국가자료종합목록 구축시스템(http://kolis-net.nl.go.kr)에서 이용하실 수 있습니다.
(CIP제어번호 : CIP2020038015)